夜晚怀疑我

流马 著

作家出版社

图书在版编目（CIP）数据

夜晚怀疑我 / 流马著 .—北京：作家出版社，2017.10（2018.1 重印）

ISBN 978-7-5063-9626-4

Ⅰ. ①夜…　Ⅱ. ①流…　Ⅲ. ①诗集－中国－当代　Ⅳ. ① I227

中国版本图书馆 CIP 数据核字（2017）第 188408 号

夜晚怀疑我

作　　者：流　马
责任编辑：向　尚
装帧设计：颜有为
出版发行：作家出版社
社　　址：北京农展馆南里 10 号　　**邮　　编：**100125
电话传真：86-10-65930756（出版发行部）
86-10-65004079（总编室）
86-10-65015116（邮购部）
E-mail:zuojia @ zuojia.net.cn
http://www.haozuojia.com（作家在线）
印　　刷：三河市北燕印装有限公司
成品尺寸：130 × 210
字　　数：60 千
印　　张：6.5
版　　次：2017 年 10 月第 1 版
2018 年 1 月第 2 版
印　　次：2018 年 1 月第 2 次印刷
ISBN 978-7-5063-9626-4
定　　价：33.00 元

目 录

卷一　在所有轻易的时间里

卷二　日光暴涨的时刻

卷三　我从那条路上归来

卷一

在所有轻易的时间里

星球

你向黑暗伸出的手
不要收回
它抓到的不再是一把虚空
而可能是一颗星球

你向虚空伸出的舌头
不要收回
它舔到的不会只是黑暗
而可能是一颗眼睛

宇宙是你盛放美酒的冰桶
不要收回
你埋在冰桶深处的那块赤色矿石
寒冷，是多么炽热的真理

把我挂在你寒冷的胸前吧
在这颗小小的星球上
我所守护的唯一一座火山
正在你慢慢倾倒的摇晃中，喷涌

在草淹没树的地方

在草淹没树的地方
原本是一个村落
去年刚被推土机删除
除了几棵大树没动
地面处理得超级干净
好像连一块砖头都不曾存在过
然而才过了一个夏天
草就高过了树

每次经过那里
总觉得拨开草丛
还能看见房子，看到灯火
看见人在草里生活
有人出门，有人归来

总是在暮色上涌的时刻
那片淹没了树的疯草
突然扑向我
裹挟着它如今的寄居者：
乞丐、小偷、杀人犯
野狗、獾猪和蛇

九十年代

有时不免怀念
九十年代的灯火
那时的醉，和冷
街边的烟火气
一碗砂锅丸子
足以烫坏激动的舌尖
黑火车碾过头顶的铁轨
颤动中有骨头碎裂的声音
穿着亮片羽绒服的女同学
湿头发结着碎冰
人造皮革的高跟鞋
像不安分的毛驴
踢踏着干硬的水泥地
我们羞于拥抱
各自袖手
揣着满怀的空虚
空虚里盛开着
九百九十九朵塑料玫瑰
流行的苦情歌
像街边的缝纫机
细密的针脚
刺穿蒙满煤尘的幼肺

那时，时间是不存在的
钟表像个大钟倒扣下来
压在头顶
时针和分针早已折断
我们只是顺着秒针的旋转
表演头晕

乡愁

打算睡觉了
又觉得口渴
打开冰箱
没什么可喝的
除了两枚小小的橘子
剥开，吃掉
甜入每一根细微的神经纤维
从舌根沁入心脾
甜得像什么呢
像一种病

这是正宗黄岩蜜橘
黄岩的朋友说
现在的蜜橘不比从前了
从前海水倒灌的年月
良田被毁，但蜜橘更甜
如今，几十里外修起防波堤
水土淡化
蜜橘的味道也淡薄了

我说这橘子使我犯起乡愁
可我的故乡并不在黄岩

我一个土得掉渣的北方人
没有看过海
可我把海当做故乡
谁又敢反对呢
在这淡薄的甜味中
仔细咂摸那渺茫的咸涩
就像一个刚从树上掉下来的橘子
翻滚着
朝向越退越远的大海

锦州

十年前某个深夜
在双井桥下
遇到一个乞丐
问我锦州怎么走
他趺坐在自制滑轮上
满脸堆笑，活像一个菩萨
我那时刚来北京
别说锦州，出京之路都摸不清
只好告诉他
锦州在北京的东北方
他谢过我，按我手指的方向
沿广渠路，以手作桨一路滑去
四面路灯照出他的背影
落在地面浅浅深深
像一朵移动的莲花
（这让我确定他究竟不是一个鬼）
这么多年过去
也不知他到达锦州没有

达里诺尔

加速移动的云影
逐格扫描大海

细雨的缰绳
无力牵引狂风

俯曳的疯草翻滚着
绸缎般的情欲

为什么不能抱紧你
就势滚下大海

达里诺尔啊
我有一千个衰败的借口

却没有千分之一的勇气
从衰败中袒露真实

当大海从草原上站起
我羞愧地背过身去

在写信的年代

在写信的年代
我曾给你
写过一封下流的信

你肯定没有收到
不然，你不会仍然写信谈
鸽子兰的种植问题

一定是中间被人私拆
然后毁掉了
这样的事情我就干过

一封虚情假意的表白信
写信的人我不认识
收信的你也不知道

我没有着急再给你写信
早晨去花市遍访卖花人
打听你说的鸽子兰

你说它的花朵
像刚孵化的雏鸡
凶猛地啄击着空气

五月

新鲜的腿破土而出
五月的大街
是丰收的田野

这些会自我摆动的作物
正在滚烫的柏油路上
拔节，灌浆，抽穗

白得害眼的五月
多么像白化病人
有时不得不从乌鸦那里
借一点阴暗

古代的雨

困在一场雨中
穿透明雨衣的泳装少女
手握一团污泥

擦洗这场雨
擦洗浸泡在雨中的房屋四壁
擦洗地板和屋顶
以蘑菇与木耳为食

把手里的污泥洗白
就能走出屋子
走进这场来自古代的雨
这不可信的诱惑
到底来自哪里

一段潮湿的木头
横在地板的一角
白色的蘑菇蓬勃于双腿的间隙
黑色的木耳丛生如空王的发髻
一只玄鸟在那里做窝
咕咕，咕咕，落难的君王
如今是别人的寄生体

古代的雨
在寻找他的君王
未来的少女
在找寻让雨停歇的密钥

玄鸟玄鸟
让这雨的牢笼
再坚固一些
咕咕，咕咕
那些被欲望烧焦灵魂的人
就要杀进这场雨

大星

向黑夜深处
快递水银的骑手
大星，耀出他一闪而逝的背影

醉卧草丛的独行客
刚刚躺下
不知还能不能睡醒

是谁置换过你的躯壳
那低声咒骂的司机
是否完成一次干净的行凶

车轮下，一个永远的迷
寒流吹送逃车
如搬运一架企图挣脱的风筝

当你脱掉外套
又褪去内衣
以为回到自己的枕上
当你听到歌声

大星闪耀

耀出摇摇欲坠的黑夜之心
像一杯滚烫的
刚刚煮过煤核的干红

正式饮下之前
总有莫名其妙的
一个了结

当你喝下整个黑夜
总有突如其来的
一个新梦

大地的疱疹

亲人的骨灰浅埋在麦草根部
亡灵翘足于碧绿的叶尖

每个春天都形同
一场繁琐而又寒酸的葬礼

坟茔是大地的疱疹
缓释着生者眼底悲伤的奇痒

上岸与离岸

你们上岸的
就尽快离开岸边
拍打干净脚底的沙子
穿上舒适的鞋子
在坚硬的路面上踏实地走
不要再回头看
大海没有教诲过你什么
也不要对层层涌起的海浪
发表任何一句过来人的言辞
谦卑一点
向你的幸运之神低头

我们没有上岸的
就继续漂
离岸再远一点
和大海拥抱得再紧一些
岸上的人，不要向我们挥手
大海从不教诲什么
你们上岸后也是如此
它只是晃动
我们不断挥动的手臂
不过是在向鳍的进化中慢了一些

而海上的幸运之神
只要有机会
我们就向她投喂
因过于骄傲而残缺的灵魂

麦地奔跑

脚底绵软
未能阻止我们追逐，喊叫
微微解冻的土地
回暖的鼻息嘘问着你我的脊背
在身体的碾压之下
麦苗苏醒
阵阵乌鸦投入涌起的暮色
翅膀垂落如同旨意

宇宙如此突兀地释放了我们
这短暂而彻底的自由
堪比吸毒
欢欣的余绪残留在躯体表面
洗刷不尽
稍有触动
满是迷醉的回响

雪夜京通途中有感

每有大雪
总想起乔伊斯
想起《死者》的结尾
总觉得大雪覆盖了一切
原谅了一切
唯独没有原谅我
仍以钻石的坚硬
金属的锐利
生盐的烧灼
惩罚我
在被它的温柔所软化的道路上
我感受到来自脚底的
冷酷与隔绝
我需在这无言的严厉中
继续奔走
仍不知最终能否获得
一个荒野墓碑的幸运
领受它仁慈而温暖的一抚

雪夜饮酒东三环，明尼苏达的大雪覆盖海拉尔

酒过三巡
去小酒馆外面
抽烟
块雪下了一天
转成细雪
还在落
马路对面
两个撒尿的醉汉
为什么会哭

想起去年
我给你讲过的海拉尔故事
也是这个门口
迎着寒风
我们抖抖索索抽着烟
要感谢冒雪为我们
送来故事的海拉尔朋友

故事的主角，一个在海拉尔
每天送羊肉签子的小贩
走入他命中注定的冰血暴

签子般尖削的两肩
披着厚厚的明尼苏达大雪

故事隔年的腥气
依然刺激着鼻腔
冒着热气的鲜血
在积雪下流成暗河

再抽一支烟吧
再看一会儿廊下飘着的细雪
还有什么可说呢
距离分享故事的冬天
又过去一年

我可能写了一首假诗

睡不着做了一个假梦
梦见一个假你
透露给我一个假秘密
说几年前那次假表白
你其实也是假拒绝

这是关于你
仅存的一段假回忆
多年后，假装想你时
足以流几滴假眼泪

人类的月光

当我想到人类的终结
在过去，而不是未来的某一天
首先怀念的竟然是月光

像一张新鲜人皮
封装的磷火之书
浮游于黑夜

被鸥鸟的脚踩进海浪
在浪花明灭中
怀着破碎的仁慈
向大海赎回被人类驱赶的羊群

这曾经照看人类的月光
我必须说，你还不够苍白
不足以映照人世的虚妄

你也没有冷冽到
足以从人类的尘埃里
萃取出沙砾一般坚硬的良心

歧途

多少次误入歧途
多少次明明发现正路却执着于歧途
走下去
歧途中的歧途
斯德哥尔摩患者的狂热
那些行将枯萎的叶脉
不知道消失于皮下何处的毛细血管
这正是我的正路
而正路，和我无关
我来到河边
沿着显而易见的河流
太正了
离开，回到森林的幽暗
回到不被正路矫正的树木间沉默地抗拒
坦然接受鸟兽纹路的欺骗
我因为进入蚂蚁的触角
而消失于宇宙
在歧途的分歧中
正路与正义不要怜悯我
你找不到我
我才获得无处不在的自由

水边即兴

连绵的霓虹，水中的倒影
迷人的乡镇美学多么迷人
就算没有霓虹，车窗外一团乌黑

即使凛冬，你也春波荡漾
胭脂蒸腾，将岸边的垂钓者尽情吞吐
没有人质疑你永不结冰的秘密

通勤车杀戮，构思多年
只缺一次完美的脱身
心和眼始终在众神滚烫的脖颈上磨刀

从没有别的时刻像现在这样
你时间的粼粼寒光让我突然焦灼起肉身
预支在车内的双重牢狱

奥巴马总统变成一条黑鲸

奥巴马总统变成一条黑鲸
游弋于第一岛链
他必须隐藏自己
沉潜在某处警戒
就算偶尔浮出，眼皮也不能跳
眼皮跳会溅起水花
不远某处，战争正在发生：
一条鲸鱼厮杀另一条，但保持默契：
不弄出声响，不暴露位置
水面冷漠得像一碗僵硬的粥皮……

傍晚，我回到陆地
去准备烤面包所需要的面粉
一个黑人青年
就要来店里用餐……
年轻人总是草草吃过晚饭就走
我警告他不要在外面游荡太久
他却固执地站在仅有的旷野
瞪大眼睛，等待或者倾听
能听到什么呢？
有人悄悄从背后削掉他的脑袋
一定也会有人袭击我的房子

玻璃一定会突然破碎
我警告那睡在我窗下的小孩
不要被坠落的玻璃割掉脑袋
说话间玻璃就掉下来，孩子扎成刺猬
黑暗中他像刺猬那样走到我的床前
手举一片冰刀一样的玻璃碎片
我在瘫痪的惊恐中认出他
——没错，那年轻人的童年

第二天傍晚，我捕获一头黑鲸
却什么都带不回陆地
只好剜出一只眼睛
像蓝色的星球，留作纪念
那青年再次出现
在厨房外等我的晚餐
我将再次警告他，他将再次被杀死
我还将继续警告他的童年
他的童年将再次向我
举起冰刀一样的玻璃碎片……
史前的洪水涌来
一切变成史前

临终

他的词典里没有动词
也没有大词
有很多互不相识的名词
以及有限几个形容词

他的人生缺乏动机
关于爱或者恨
谁也别想从他嘴里
得到确切的是，或者否

在他和互为宾语的世界之间
存在着一片广袤而含混的
无意义音节丛生的荒原

有一天他快要死了
胸口憋闷，仍在犹豫要不要
发明一个连接词
回答那早没人关心的问题：
我爱还是我恨
我是抑或我否

秋分夜雨

雨似乎停了
蛩鸣再次取代雨声
本来可以睡个好觉
谁知一翻身，又来一场

乌鸦兄，如果你在窗外
可曾留意那刚刚消歇的雨云
究竟被谁，以何种方式
搬运到我的体内

在静脉里遭逢一场秋雨
回流之血，如久处荒野的河流
突然跳跃之后
愈加冰冷萧瑟

月光杀人

少年时，常叹月光杀人
多少次彷徨于无人的河边
在绿藻邃密处丢弃姓名

然后爬上堤岸，潜入丘陵
漫山遍野的核桃树
为我漫长道路投下碧绿的阴影

而抵达我唯一的月亮
还要在铺满核桃的山路
再走二十里

那曾向我皮下注射月光的人
只有这种杀人方式
才值得我翻山越岭

弓箭手

幽暗的水底
弓箭手拉满弓弦
一次次，要把箭射出水面

遥远的水面
有撩拨的光

每一年，当我巡游到此
都要为孤独的弓箭手
升起一堆火

小孩

水里的小孩
火里的小孩
在密封的汽车里
慢慢融化的小孩

纸上的小孩
风中的小孩
借路下水道
想要游向大海的小孩

雾霾的小孩
暴雨的小孩
悬崖之上
向着坚硬大地俯冲的小孩

总之不是你的小孩
不是你的小孩
你怎么可能爱得起来
不是你的小孩
你怎么可能痛得起来

三场大雨

有三个白天
属于我
一个是烈日
一个是黑霾
一个漂浮在醒着的梦里

有三条河流
穿过我
一条没过我的头顶
一条清浅透明
一条千里为我送来一船死魂灵

有三场大雨
垂向我
一场落在我眼前
一场追在我身后
一场是我永远走不出的雨牢

有三根绳索
伸向我
一根要捆绑我上天
一根要勒索我入地

一根始终让我眩晕
它牵住我，但我摸不清它的行踪

有三条道路
通向你
第一条我错过了
第二条我放弃了
第三条走到分叉的地方
我离开道路，步入丛林

西瓜为什么自杀

西瓜自杀的时间
有时选在万籁俱寂的午夜
有时选在烈日当头的正午
而西瓜自杀的方式
只有一种——由内而外地引爆自己

有时是巨大的一声“嘭——”
如重炮轰城，震动黑夜
有时是极轻微的一声“咔”
清脆而又节制，像少女的轻咳
也有时，一颗脑袋悄无声息就裂开了
一个哑巴的笑脸

西瓜为什么自杀，主人并不在意
他关心的是整个瓜田
自杀与其说是一种萎靡的情绪
更像一种生化病毒
那死亡的气味会使瓜叶枯败
那汁液的迸溅会给土地下毒
必须把自杀者的脑髓吸食干净
再把碎裂的脑壳拿去喂猪

但西瓜，是天生的恐怖分子
你无法排除所有西瓜
一夜之间全部自爆的可能
到底是什么力量
在催动西瓜自杀的决心
深夜瓜棚里的主人
高悬于瓜叶间的窃窃私语
不得不有枕戈待旦的惊悚
却没有任何对策

天黑后给父亲打电话

这个节日打电话
他会不好意思
平时喜欢没话找话
这会儿都不想给你多聊一句：
“行了行了
没事挂了吧。”

这会儿天黑了
放下电话
他应该在干什么？
收音机里的《甄嬛传》
还是电视里的《石头记》？
酒反正不喝了
烟也戒掉
两次心梗足以解决
他所有的不服：
天黑，就应该老老实实
待在灯火通明的房间里

小时候天黑和现在不同
那时黑夜会垂下一把钥匙
捅开人类所有的猜疑和不安

天黑还没有回家的父亲是可憎的
妈妈就会疯了一样
差遣我去把他找回来
他会在谁家
谁也不知道
我烦透了这件事
像一个永远完不成任务的逃兵
站在村外野地
期待任何一个
黑暗中向我走来的人
都是他，或者百分之二十是他
哪怕是一只刺猬
在我身后咳嗽一声

初夏的鸟鸣

初夏的鸟鸣
像一场又一场透雨
一点一点软化你僵硬的肢体
尖喙如铁凿
掊击你板结的皮肤

但你心底的清泉啊
绝不要从它所开凿的裂缝中
直接涌出

需要一种草蛇灰线
千里之外的喷涌
掩饰你经年的矫饰

假装和这一切无关
你需要走进更多的鸟鸣

一次只能割两垄麦

一次只能割两垄麦
多一垄都不行
两垄麦我都被远远甩在后面
需要时常直起腰来
望望尽头
觉得那比头顶的太阳还要远
所以我更多是往后看
就好像身后
所有麦子都是我割倒的

一次只能刨一垄花生
多一垄都不行
花生姿态很低
我们只有更低
给每棵花生都行跪拜之礼
挥舞着铁铲膝行
像旱地上的舟人

一次只能在一块田里拔草
不可能同时在所有田里
所有田里所有草都在疯长
但你要一棵一棵去拔

这时候你就会想有没有一棵总草
于是你就出现在所有田里了
你躺在总草下面睡觉
总草结满葡萄一样的总果实
你撼动它，就吃到天下所有的果实

去年撞见的那树白花

去年撞见的那树白花
今年被砍掉枝条，剩半截木桩
厌烦花朵遮挡太阳的主人
每晚都被木桩里花朵的尖叫
吵得睡不着
明年木桩也会被锯掉吧
而白花，仍然会如期开放在他的窗前
阳光照进室内
仍会有一地婆娑的花影

繁花弹幕

人们为什么要去公园
在北方，没有比初春的公园
更能暴露一个时代的寒酸

拥挤的早班车里
一个戴耳机的中年女人
突然迸出眼泪，阳光打过来
滚落满脸钻石

不，我一点也不怀疑
这不期而至的悲伤
而且痛恨自己多久不曾哭泣

傍晚我看到一树繁花
开在巨人的腋下
如此激烈像弹幕写满整个黄昏

海子

火车开过去了
你的头颅飞向天空
落日般云中翻滚，沉浮
始终不被大地收留
多少年过去
黄昏总是逼人抬头
看到两个太阳
把苍白的大地
拉出两道漆黑的背影
钢轨般伸向星际
深处的草场

在所有轻易的时间里

在所有轻易的时间里
总有某个晦涩的一刻
光线强烈，黑暗汹涌
锋利然又细弱的蛛丝
悬垂于巨轮寸断之海

厨房里的恶意

把一本普拉斯的诗集
带进餐后狼藉的厨房
一座匮乏于爱的城市
再被遗弃于残羹冷炙
大葱的气味太凶残了
生生把那可怜的灵魂
从密封的字块间逼出
如果再选择一次自杀
应该系上好看的围裙
戴上廉价的胶皮手套
在经年堵塞的水槽里
让清洗过灵魂的死亡
渗漏得点点滴滴分明
那些显而易见的恶意
在死亡缓慢而精确的
恶意面前，不值一提

宋朝的春天

一首反诗买不来春天
元朝少年高文秀
梦见乌乌扎扎一阵黑旋风
刮过嫩柳鹅黄的浔阳江头

他从一场宿醉中醒来
狮子楼下的榆叶梅
在他隔夜的呕吐物中
奋力吐绽第一瓣花蕾

宋朝的春天是一面雕花铜镜
摆在李瓶儿的床头
大官人新折来的那枝杏花
还沾着明朝的雨水

那时，九纹龙尚在庄上使枪弄棒
松林里，冰雪未融
阮小七舟轻如苇
水泊上，阵阵凉风

清朝的风

突然一阵清朝的风
吹来明朝的某个春天
为什么不干脆下一场蒙古雪
做一个比元朝还大的梦

克里特酒徒

——给 anhuo

遥远的克里特岛
清澈的里拉琴声
你醉眼足以望穿的形影

寒冷的早晨
一小杯接一小杯的射击
火炉边黄昏，无止尽的欢愉

偷驾阿波罗马车
奔向下一场欢宴
那一刻你是酒神附体

坐困迷宫，等待
猎杀的宿命
这一刻你是无助的怪兽

而我也曾是纯粹的酒徒
只是现在
却需要一点蜂蜜

仍然没有找到一个完美的仪式
足以将你打开

在此之前，多少荒废的秋天

我宁愿反复咀嚼那些苦涩
直到真正的黄昏来临
再把我带到你的唇边

月亮逼迫

从“两个坏春天”回来那晚
一路你只是开车，说过什么都忘了
直到看见月亮，我提醒你抬头
但你并不好奇。中途放下我
连月亮也一并留在原地
这不是平时的月亮
肥硕，巨大，铜鼓一般的暗黄和阴郁
一种难以抗拒的压迫感
像鼓满风暴的球形剃须刀
随时要把地球的毛刺刮平
几天后，收到你的短信
说起那晚的月亮
我下车后你一个人开得很快
以至于被迎面而来的月轮击碎前窗
你说，不如就这样全部交出来吧
你的，和我的，彼此内心
最黑暗却又最柔软的那部分
以月亮逼迫的名义
如果我也没有更好的理由

黑风

不，不能责怪风
当你双脸烂若桃花
眼睛里有煤

如果非要责怪
就责怪镜子吧
毕竟，风来自镜子深处

深处的深处
你豢养的毒蛇
悠闲地吐着阵阵黑风

卷二

日光暴涨的时刻

死者在万米高空向我托梦

——呼和浩特送别老测一周年记

死者在万米高空向我托梦
嘈杂的小酒馆，一张揉皱的纸
你把它塞进装满碎石的玻璃瓶
这样塞进去的，还有你裸露的双脚

缝隙中看到你光洁的脸
并不因膝盖顶着棺盖而难过
气色反而比生前要好
我无意窥探死者的内心

一个人客死异乡
再也不能被异乡的鸟儿叫醒
零下19度的异乡啊
我们满街呼喊鲜花

在你上升的青烟下面
晒太阳，抽烟，说一些消磨的话
没有风，你上升得很稳
只是没有人记得起你的故乡

金黄的月亮，悬在归途

如你所嘱，我已将你风中的遗言
坠上砂石，埋进牡蛎的腹中
而你金黄的安慰，我们正在领受

太阳蜕

经过长途跋涉
终于到达它运行的起点
乌漆高耸的河岸下，一条冰冷的河流
它灼目的身影浸泡水底
远远看去，光芒浮游水上
照亮黑铁的河岸如群鸦振翅
等你走近，它却消失
一个散发冷冽白光的球体
涌出水面，婴儿般无辜和新鲜
但那只是太阳远遁之前
蜕下的一具空壳，或影子
故意留在这洪荒的源头
供来者欢呼，或悼念
但我们没有欢呼，也并不悲伤
漫长旅途之后的一声叹息，就足矣
太阳死了，它的影子也行将熄灭
但我们并没有打捞的计划
只是沿着冰封的河岸，追随那气泡
像世界尽头的猎手
放牧他生命中最后一颗子弹

病变的河岸

在冬天，时间的运河
近于枯竭，但还没有结冰
漏水的木舟运思于逼仄的河道

我是那木舟中仰望冰川的旅人
我在木舟的积水中练习游泳
以舟中行将湮灭的陨星取暖

自然，怎能缺少酒
只是那些瓶子已然沉没水底
我也无须喝得再多

十里柳荫，遮天蔽日
枝条如烧红的铁丝盘绕扭结
发出热力行将消退的暗红

柳叶如剥蚀的铁屑
纷落如火山灰，以及那些铁匠——
浑身长满细密绒毛的红蛾蛹

灰鸭在岸上追逐，争抢逃出水面的幼鱼
又或者是幼鱼在戏弄笨拙的灰鸭

在滩涂的泥泞中，我看到意志的喜剧

病变的河岸之间，我是时间的流放者
印刻在天空中的最古老的光
突然紧绷了一下琴弦

星辰

满天星辰
带给我一生的眩晕
在通向洞穴的小路上
我只能低头快走

它的沉默如迷
饲养着我心室的困牛
钻刀一般冰冷的凝视
攫取我骨头里密封的火星

日光暴涨的时刻

日光暴涨的时刻
洞穴在密林深处低吟
此刻的星辰，闪耀
在过路人游思的水面

树边午睡的樵夫
正被满身日影的爬虫
啃啮成一堆白骨
嘴角犹流淌出一场酣梦

腥甜。洞穴鼻息微弱
吹梳着细草
脚夫肩头鞭鞘垂荡
马背上妇人美脚赤露

溪边少年扬起渔线
以白鹤的姿态
跃上虎鱼犁刀般的脊背
手中竹竿伸向云中鸟声

光的洪流中

浮出那背负重剑的汉子
他正从未来的厮杀中退身
返回到过去的洞穴

爱

必须在没有爱的生活中强行插入爱
必须让人们感觉到你在爱
人们会因为你的爱而感到安全
——即便是强行插入——
并可能爱上你
但是，不，没有但是只有爱，深深爱
没有任何转折词可以干扰的爱
我爱你而且必须和你有关的爱
必须发生一种关系的爱
而且只有爱，十二级大风都吹不走的爱
让你的多巴胺分泌成一种癌的爱
终有一天你不由自主会说：我爱
在每一行本不该出现爱的句子里
都喷射着你源源不断的——爱
你认出爱的真谛除了爱
你患上爱的暗疾仍然匮乏爱
你爱上当你说出爱时，身体的猛然一凛

霾的春宫

跟我读：m-ai-mai，二声
略显干涩的双唇微微张开
声音却从深喉送出
多么有爱的音节
一听到它，肺都要硬了

霾是爱
所有爱中最腥酽的一种
霾是爱的韵脚
爱的三围
爱的鼠蹊
爱在空气中最色情的部分

霾深的时刻不宜写诗
而只能做爱
在性欲的金钟罩里
你可以通过一次又一次窒息
不断说服自己：

霾是活着的证明
不然，你怎会感觉自己

竟然还有呼吸
沒有霾与世界的春宫
你甚至都无法完成一次像样的勃起

年年都在同一个窗口看雪

年年都在同一个窗口看雪
看了多少年
对面的屋顶由红变白
看了多少年
楼下那一排悬铃木
肥大的叶子被雪片击打
垂而不落如沉重的头颅
看了多少年
树下的小花园，坟场般寂静
等待野狗的践踏
看了多少年
那打着伞在雪地里遛狗的老人
看了多少年
孩子一年年在雪地的翻滚中长大
看了多少年
行道上杂乱的车辙、脚印
四溅的泥水如命运的毒舌
看了多少年
多少年过去了
雪依然在落
而我却懒得再从窗口望出去一眼
多少年过去了

我体内的大雪从未停歇
一座雪山
躲在迟迟不肯拉开的窗帘后面
如驮着稻草的病马
再有哪怕一小片
就足以引起一场雪崩

雪落在我的床头

雪落在我的床头
没有理由不辗转
越是悄无声息
越有秘密的铺陈

许是千里之外故乡的旷野
正冒雪向我扑来
许是历代祖宗被忘却的亡灵
正打马经过我的床脚

星辰的恶意

负气出走的少年
妄想卧冰而死

大雪覆盖的河流
死亡缓慢而无聊

翻一个身
他看到星辰的恶意

济南游

趵突泉

至今没有看过趵突泉
在济南十年
离开又十年
每次路过
都假装问自己：
这是为什么？
但从未对答案产生过兴趣

珍珠泉

两次亲近水池
都不过是深绿到
让人怀疑其脏

珍珠没什么稀奇
来这里更想遇到的是
树上会突然掉下一条鱼

鹭鸶

一只大鸟

端立栏头
凝视一条大鱼游过

才俘获的小鱼
丢在草丛，任其跳跃
正午的水光有洗过刀的寒意

大明湖（一）

少女和花朵
专注于被各路眼神和手机摄取

湖水沉浸在自我的浑浊中
对一切倒影的暧昧无动于衷

大明湖（二）

幸亏有少女、花朵和倒影
装点这无趣的湖岸

不然，对一个宿醉的异乡人
大明湖不过是一滩隔夜的腥臊

湖心岛

大明湖，不适合极目
略抖动眼皮
便是满目的煞风景

回忆，也只好自带遮幅：
毕业季结伴荡舟
舟上有人，忙着低头

起凤桥边

当年绿色校服的抽烟少女
从此刻的桥下探出脑袋

头发洇湿发白的汗衫
端起满满一脸盆拧不干的中年

西更道街

记忆清瘦

在宽幅电影里发胖

当年笑声
顺流泉漂进蔷薇花墙的隔壁

王府池子

一年四季在这里游泳的人
他们永远活在《黑手党》第 220 页

老去的是看客，是作者
是再没有本地啤酒可以喝的异乡人

梅子酒

最妙的时刻
全部失忆

我吞下一枚铁钉

一个姑娘问我
能否吞下这枚铁钉
我就吞下这枚铁钉
她看我吞下这枚铁钉
转身给我一个背影

我再也没见过她
我只有这枚铁钉
我没有想过用这枚铁钉
和她交换什么
比如一个湿吻，一次抚摸
或者一个虚假的承诺

我和我的铁钉和睦相处
十几年默默无语
我早已忘记它
就像不记得
曾有一个姑娘
让我吞下一枚铁钉
直到有一天
我从一碗汤里
喝出一枚铁钉

我有些想念我的钉子
来到医院
找到那个女人
她面颊清洁
连皱纹都饱满
我猜她是老了
一身来苏水味
遮不住眼白里的锈

她当然不记得我
我又怎能从头说起
又怎会给她机会
让她暗自得意：
“这么说你爱我？”

仪器扫遍全身
没有找到钉子
“会不会记错了
还是你有妄想症？”
她职业的外表不允许
表现出这种狐疑

一张人体挂图
轰然从墙壁上脱落
一枚疲惫的铁钉
滚落在她胸前
还未及感到快意的我
突然打了一个空嗝
满嘴铁锈的气味
徐徐吹向她的抬头纹

忆旧年千佛山观霾

黄河像一条死蛇
浮尸于黄云之上

黄云下的济南城
沉酣于一个黄梦

樽前煮黄粱的人
徒握一张旧蛇皮

三十年前的暮色

天黑得越早，越感到恓惶
尤其冬天，乡下，三十年前
不会点灯的孩子
等待着没有回家的母亲

怎会突然想到这些
在燥热的写字间
锃亮的白炽灯下
黑色玻璃窗犹如魔镜

把你室内的孤影移进无边夜色
就像那三十年前的黑暗
一路追踪而来，再次把你捕获
寒冷的人，你甚至不知道你的罪名

生活总有失败者

两个臃肿的汉子
酒杯举过头顶，向着天花板
说：服了，服了啊——

我一脚踏进烟店
不小心看到这柜台后的一幕
午后的斜晖映得酒杯金黄

为掩饰自己，我也不得不仰头
这低矮、灰暗的天花板
经年的烟尘把它熏成一派幽冥

仿若神祇的居所
所有心甘情愿向生活认输的人
生活已经庇护了他们

天凉有感

天凉即有末日之哀
便担心有流落街头的一天
好像那曾真的发生过
并且正在发生

我应该回到开始的地方
在灯火没有变得更销蚀心神之前
重新等你，然后再次错过

我是一块掺杂在煤块中的硬石
外表暗沉，心中也没有火的引信
在你的炉膛里，它是最冷的灰

空气马

我看见一匹马驹
颜色纯白，在河边撒欢
它是草尖上的一团空气
未经许可，擅自修炼成精

跳过一截朽木，它去追逐水雾
青草羁绊它，跌倒又跃起
本想把它叫住，可一开口才想到
我尚未为它取名

跃过河岸，它已越跑越远
多希望它能回头
来啃我脚边那丛青草
为此，我愿意伏进草根

这匹空气马，多像我年轻的父亲
某年秋天和人赛跑，至今没有回来
这匹空气马，多像我未来的女儿
这不知哀愁的背影，带走我全部的哀愁

老虎

很多年前
我梦见一只老虎
在我身后

我站在原地
一动未动
我知道它也一样

这么多年过去了
我仍然不敢回头

出门撞见一树白花

穿过黑暗的门洞
迎面撞见一树白花开得惨烈
刺到我的眼睛

我记得这仍旧是春天
十三个春天中的一个
必须出门且再不回头的早晨

虚假的西山

有时候，站在东三环
也能看到西山
有时候，只是西天
山一般涌起的青云

向西骑行你会有种错觉：
恍惚这是一座山城
再有几分钟，你将骑进山里
那儿，正有一堆篝火等你点燃

道路短促，时日轻忽
哪怕须臾便骑入一座云
篝火，也许早已熊熊
而火边不一定非得有你

篝火在遥远的山中燃烧
烤得你胸脯发烫
你还需稍事平复，走进灶间
湿手扭亮人间的火焰

幸存者

昨天没有解决的那支烟
还在烟盒里

常去的那家烟店
还没有开门

作为一名幸存者
你已幸存得太久

月亮 2.0

这沉重的花冠
带着蒸汽时代的剧喘
倒垂于麻叶暴动的夜空

一颗头颅足以砸烂钢铁
对一个重度焦虑症患者来说
有些知识是残忍的

比如，引力取决于质量
公转只是企图逃离的一个步骤
而抑郁症往往滋生于抑郁之前

拥塞于钢铁的河流
人们并不仰望
危险是属于少数人的

那忍不住暗中庆幸也是——
“还好，啊还好，它还没有离去。”
我听见有人念念有词

“还是那么丰满、妖娆、粗俗、神秘
仍旧以掠夺者的姿态
肆无忌惮欺骗着人类体内的潮汐……”

嫉妒

等车人的尾巴鞭打着雨地
雨水在深洞里磨洗铁屑

梧桐花是夜幕伸出的鬼手
将腥甜的秘辛迢递进倦怠的小窗

不，我的靠枕从未等待
这么多年，它只不过在思索

何为深情。窗台上淋湿的布偶龟
足够引起它的嫉妒

犹如一条冻蛇
艳羡农夫怀中的木棍

我甚至不能移动一粒微尘

我甚至不能移动一粒微尘
不能控制一片羽毛

我骑上车
在激烈音乐的刺激下狂奔在二环路
只为将这些可耻的妄念丢得更远

一个个更大的妄念
一道道不可见的风幕，如时间的切片
横亘在前面、再前面的路口
肥皂泡般温柔，钢化玻璃般冷酷

不唯如此，还有另一些
高速旋转的车轮底下
抛起的一块块碎石
散弹枪一样猛击我的脸

我甚至不能移动一粒微尘
不能控制一片羽毛
我的确曾经以为可以搬动一头大象
可以驱赶一座山

告诉我吧，请告诉我
在前面的路口
我是该掉头拐进一条巷弄
还是安静等待红灯的熄灭

春天荒废

我心如木，在水面上做炭火之烧

——题记

你不来，春天荒废
花开得神不守舍，颜色纷乱
鸟鸣坠地，如乱石之刑

你不来，夜色荒废
失眠失去边界，千万朵星云
在灰质层爆炸。我皮下之雾

原有夜莺的歌声
然而你不来，夜莺也荒废
我遥远的小乐队，迷失海上

你不来，大海荒废
座头鲸竖身于静海，如山的头颅
戳痛近似于无限墨绿的紫夜

而你不来，灯塔荒废
水母点起灯笼播撒无望之卵
鱼群收割大陆，进击中亦有哀喜的谣曲

这一切只是因为你不来
陆地在太阳升起之前放弃坚硬
于是早晨亦荒废

想你，在最后一块礁石没顶之前
体内的暗火亦荒废
想你而不为你所知，你也荒废

背骨还乡

在异乡的道旁，连蚂蚁你都惹不起
兄弟，皮囊血肉都是身外之物
趁夜色捡起我几块骨头，带我回家吧
比起这里令人窒息的煤尘
我更想念家乡的砂石

集体安乐死

无药可医之人
最后走进主的后园

左手一束百里香
右手一只玻璃杯

金黄的液体充盈其中
仿佛有啤酒花的香味

遥想儿时汽车尾气多美妙
如今又复原当年嗅觉

我见父亲走在前面
早早开始祈祷

只有我行走队伍之末
仍怀抱对病痛的旧情

一张洁白大床可容百人
生长在荆棘稗草丛中

口罩天使一声哨响

圣液各自浇溉头顶

主啊，你的神示
来自床脚：烧死自己

若不玷污这一床雪白
便是天国降临

疯天皇

大正时代
日本有个疯天皇

芥川龙之介
有一个发狂的母亲

疯天皇去世次年
芥川服下足够保险的巴比妥

此诗献给厉害母亲

这几年，黑山老妖闹得厉害
总是莫名一股狂风
地上疯草般的孩子不见了
八百里外，一场暴雨
吐出一堆幼骨

街上满是捞鱼人
那婆娘拃撒着笊篱般一双大手
在水里抓来抓去

　　“厉害啊，给我们留点鱼……”

笊篱般的大手驱走鱼群
从水底的幼骨堆里
翻拣出未被嚼烂的肢体

　　“厉害啊，你摸到了什么宝贝……”

乌云里来的孩子，牙齿缝漏掉的弃婴
在笊篱般的大手里
风滚草一样复活

"厉害啊，捞孩子比捞鱼划算多了
我们咋就想不到……"

孩子们不记得来历
婆娘从纸篓里一次次捡回纸团
摊开一片又一片乌云
在籍贯一栏执拗地写下：风

"厉害啊，风不属于合法手续……"

风被揉烂，重返纸篓
风，非法但被默许
风，便从纸篓里刮起
吹倒蜡烛，烧毁屋子

"厉害啊，孩子重又被乌云接走了
这次一块骨头都没吐……"

灰烬里的婆娘名叫厉害
听上去像个泼妇
怕她的人当面喊一声厉害啊
背后却称她是祸害：

“厉害啊，乌云是你喊来的
孩子是你送走的
大火，是你和乌云的卑劣交易……”

孩子们在天上看着
这一切只有他们知道
他们的故乡不是乌云，籍贯不是风

“妈妈，是你那笊篱般的
本可以捞很多鱼的双手……”

如何在深夜喂饱一只垃圾筒

1

深夜
我看见一只垃圾筒
在雪地里散步

我追上去
它就停住了
围着它转几圈
它也装作没事人
我打开它
它就张大嘴巴

但我两手空空
真没什么拿来喂它

2

我吞吐着雾霾
从夜深处跳出
又看见它

那个喜欢散步的垃圾筒
像个小区保安
执行夜巡的任务

我追上去
它不动了
和它说话
也不发一语

我打开它
喂它一口白雾
它大张着嘴
却喷我一团黑烟

3

某夜，我下楼倒垃圾
见它散步的样子活像个酒鬼

我追上去
它假装发呆
围着它转了三圈

它也不为所动

我得说今夜我没有喝醉
只在它身上做个记号
明天我会再来
看它到底能走多远

4

有次我无聊了
又去找那只瞎溜达的垃圾筒

小区里寻不见它
便来到马路上
路灯下蹒跚的影子像怀孕的帝企鹅

我追它
它站住等我
我打开它
它却伸出手指嘘了一声：

“五个不回家的小混蛋

在我肚子里睡觉
你看我走起来像不像摇篮……”

寒冷的街头唯有点支烟
耐心吸掉一半
剩下的扔它嘴里
再补一口浓痰

茫茫黑夜的最后一个缺口

飞机，像不明飞行物
掠过无人迹的河岸
稀落几颗星
在薄云上滑动

窗边的乘客若苏醒
或可见一线天光
但也稍纵即逝

千米之下
一只白獾
正反方向穿过黑色灌木
如团白雾
从草窠里喷出

这是茫茫黑夜的最后一个缺口
行踪无定
无从涂抹
难以弥合

千米之上的乘客
或从未醒来
黑夜只是螺旋桨搅动的噪音

卷三

我从那条路上归来

情纸

风湿了一夜，白纸折起身
上半截埋头在下半截，写信：
天杀的，你永远无法体会
风湿里有奇异的痒和醉

另起一行：我再次梦见五指山
倒而又起，起而又伏，拍打怒海
我的芭比们在旋涡中狂舞爱的罗曼司
和她们牵手的，是你充满气的大玩偶

第三段：雨实实在在落了一夜
我在即将塌陷的黎明中给你写信
求你，为我
盖章，正骨，还魂……

王语嫣

完美的女人都在纸上
纸上的女人么，和纸一样
——多余的题记

上半截写完信
裁纸刀割下早已酸麻的下半截
叠成心形，扔进邮筒

穿蕾丝边围裙的邮递员每天都来
和骨头鸡蛋壳、鱼刺烂菜叶一起寄给
街角的垃圾筒

情郎啊，我把我的下半截寄给你了
但愿你挺得住
继续在下水道练习雪耻的胡服骑射
复国的葵花宝典

恶灵的脚印

恶灵的脚印
踩过头顶
我们卑躬屈膝，躲避死亡

生锈的谣言，被反复擦洗
新铁照亮所有的不明
真相——又如何?
只有吸毒者和疯子在欢呼

稚嫩的孩童怀着热情
被捆绑上转轮
伸出柔软的手臂
把即将行刑的人抽打

身披鱼鳞的人
在永久的暮色中回到故乡
只是要告诉你：妈妈
太阳不再南归
麦子永远不会成熟了

馅饼与拿破仑三世的倒台

拿破仑三世失眠了
女儿明天就要出嫁
一想到这事儿
他就饿得肚子咕咕叫

叫醒皇后，打算唠唠嗑
好把这阵饥饿扛过去
可话题偏偏是
天底下什么样的馅饼最好吃

一个来自中国的女仆
会做田纳西馅饼，偶尔还诌几句诗
路易·波拿巴不理解
世界上既然有馅饼，干嘛还有诗

女仆的馅饼是甜的
皇帝口重，发了脾气
派卫队星夜驰告全国：
馅饼不咸，法国不安！

第二天一早

尝惯了革命之甜的法兰西人民
在蜂蜜还没抹匀面包之前
愉快地推翻了他

生日之书

生日无非也是一天
看着西窗里的落日
又虚度了一个下午
如果每个人都能在生日这天
看一看落日，也是好的

在远处楼群的后面
升起一团酷似西山的青云
醺红的落日，正像一枚书签
慢慢嵌进云与天之间的缝隙
明天我还将从这里继续

阅读。已经整整三十一年
新的一页，也不会有什么新鲜
但这正是读的必要
每一页都是新的
正如它每一页都是重复

雷声往南

雷声远去，只剩下它的影子
拖长到天边，像旷野里
一条松弛的电线
巫女的手掌在那里婆娑

雷声，都是用来欢送的
只有雷声，可以捎去北方的消息
但是雷声远去了，往南
群山荒芜阻断的回声，也远去了

远去了猫头鹰停在窗前的昨日，远去了
雷声寄存在树叶里的那一点寂寞
只剩下影子，像一条空心的电线
中断于一棵倾斜的电线杆……

水底自行车

在水底
我有一辆自行车
我骑着它，在无边的河床上漫游

我的自行车，有一个铃当
一旦摁响，便是最好听的声音
可我从不摁它
我还舍不得听一听

我的自行车
大金鹿牌，加重型
能载动一头牛
在水底，我还没遇到过一头牛

我的自行车
只在河流深处行驶
不去岸边
我担心那些嬉水的小孩
看见我，背上撒谎的恶名

河水清澈，抬头就看到天空
天空中，有一个影子

正骑着车子走过
我经常遇见他，每次打招呼
他都不回应

我也做一些打捞工作
一些落水的鬼魂
拥挤在后座上
他们也想拥有自己的自行车

河流深沉，浩大
循环运动，加速流向源头
为了追赶背影
我选择逆行

在水底
我从不想以前的事
以前我在桥上过
现在我在桥下行

在水底
我从不想上面的事
上面是暄腾
水底是幽静

两种语调

小木锤敲打核桃
梦话变成水泡泡

天气阴沉　仅用深夜的语调
读不出天气阴沉

黄昏的嘴　吹皱窗纸
只有黄昏的语调　才能够吹皱更多窗纸

夜深无底　雪珠如坠
却在静止中升起
只有无底的深夜　才能如此

深夜的嘴　吐字无法再清晰
黄昏的嘴　吹奏玻璃的乐器
与那坠落的深夜　平行前进

谁也听不到谁说
只有喉结跳动

两种语调　一种在和你说话
那独自叮当着的　是另一种

完美的一天

好，又是完美的一天
立夏了，昨夜的雨持续到今夜
什么都没干，一直在楼上
对那些冒雨等车的人
嫉妒得要死
他们站在树下，像在炫耀
我企图用视线
晃动法国梧桐，驱赶他们
五月的叶子已经阔大，层层叠叠
像一把把漏雨的绿伞，真漂亮
但我不能举一把
走在湿透的人行道上
彩色地砖泛出冰冷的水光
我不能走出房子一步
我早已被剥夺淋雨的资格
那些矫揉造作的岁月过去整整十年
从不回忆。我只是在楼上
度过完美的一天
什么都不干，观察那些雨丝
卷曲在梧桐叶子上的细节
那些湿漉漉的叶子，伸手可及

我从那条路上归来

1

我从那条路上归来
笔直的路，没有一点弯曲
一支静止的箭，射向故园的梧桐……

我曾在这条路上越走越远
又从更远的地方，原路返回
一支从没上过弓的箭，仍僵持着一份孤傲

我熟悉这支箭，就像熟悉这条路
它郁郁寡欢，喜欢自言自语
一个忧郁病患者，它的羽毛永远光鲜

我是这支冷箭上的一个热素
我要从箭尾一直奔向箭梢……

2

当我走入衰草，穿过秋天的棉花地
午后的太阳将大地晒成紫檀
我还以为快要抵达，快要结束……

青年农夫挈妇将雏，采摘最后的花朵
花朵，晾晒在裸露的土地上
仿佛昨夜的秋霜，还没被阳光烤化

箭，应该是在这里折断的
归路，则在田地的那一头
但我无法穿越一朵棉花，笔直的，像箭
　一样……

3

只看到沟壑、重山和梦幻般的市镇
只看到市镇上空的茫茫乌云
像一幅巨画，横亘眼前

丢失的箭矢，藏在画的背面
我多么需要一把剪刀
好剪断这万壑千山，剪灭这乌云滚滚

只需一把剪刀，把世界一分为二
只需沿着崭新的裂缝，让箭的归来加速
只需我站在梧桐树下，只需等着穿心……

狼烟

狼烟飘进城市。看不见的乌云
笼罩着看不见的城市
——我离乌云的故乡还不算太远

狼烟包围城市。肺气肿的城市
漫天云雾里的海市蜃楼
——我离幻景的开始还不算太远

狼烟飘进我的居室。带着田间地头的鲁莽
在客厅里大声咳嗽，流眼泪
——我离狼烟的灰烬还不算太远

很久以前，我用潮湿的秸秆
燃起寂寞的狼烟，在我自己的田垄中
——我离那时的寂寞还不算太远

我的狼烟，穿不透天穹如盖
飘不出旷野之边，只在半空中默默散去
——我离那时的秋天已经很远，很远

有多少年没有在乡下度过我的秋天

有多少年没有在乡下度过我的秋天
没有亲手收割玉米、大豆
没有亲手从沙质的土壤里刨出白嫩的花生
没有亲手把收割完的土地清理干净
将最后的野草、秸秆亲手点燃，把野烟送入暮霭
有多少年没有见过在裸露的土地上奔跑的野兔
有多少年没有亲手捣毁田鼠的储藏
相对于它们的苦心经营，我们则更像是掠夺者
有多少年，没有再当一回掠夺者
掠夺秋天最后一个晚上的诗意
在冰凉的后半夜，起坐数辰星
最后一只蟋蟀独唱最后一支夜曲
次日清晨，机器和骡马，把土地像波浪一般翻起
小麦青青，是秋冬交接之时短暂的春意
——对于即将到来的冬天，这已不再是预言
再也没有一种预言，承诺我一个乡下的秋天

这一刻我内心纷乱

这一刻我内心纷乱
赤身坐在后半夜的阳台
夜风吹响胸膛，松涛阵阵
寒毛如松针，落满丘壑
这一刻就是它的整个秋天

这一年都是我的秋天
时间的针剂缓慢注射
静脉，我身体隐藏着的僧侣
进退失据的人，没有兄弟
怀着一颗怯懦与矫饰的心
在松针的缝隙中穿行

细长的松针凋落了十年
每一天都是掩埋
今夜我在狭小的阳台上
细数松针，翻找掩埋的隐士
风惊林暗的胸膛
想必又已是落叶满空山

我爱深夜

我爱深夜，胜过爱深夜的灯火
我爱每一扇打开的窗户
胜过爱从那些窗户进出的风
我爱酷热与清冷交接的一刹那
胜过爱后半夜的清冷，或者冷清
我爱所有电器进入休眠
胜过爱它们深夜仍被电流驱使
我爱电流充满我的身体
胜过爱它在墙壁里“咝咝”作怒
我爱深夜在厨房抽烟的人
胜过爱深夜的厨房被他带电的身体照亮
我爱他烛火通明的客厅
胜过爱从他客厅里呼啸而出的火车
我爱我挥霍掉的所有深夜
胜过爱我所有在深夜捏造的诗句
我爱我的诗句插上电流
胜过爱一句诗让整个夜晚停止

雨人

——致林木

雨人，不是雨神
神在天上，和太阳一起喝下午茶
而你却在雨中奔波
你和他，没有上下级关系
不过隔了一层乌云
你的草帽正是他的飞毯

雨人，不等于冒雨赶路的人
他们低头，追赶雨脚匆匆
而你用错乱喷洒他们
弯曲的脖颈。雨脚变鬼脚
旅途入歧途。他们走进你的草帽
迷失于野草一样的盲目

雨人，也不想在淋雨中
度过他苦闷的一生
雷同的语境，全世界到处雷同
如同雨景。扔掉草帽
不意味着潮湿退出身体：
积水的骨缝里，忧伤的蘑菇丛生

我将不再……我确定……

我将不再费力
去抬一根木头
我将不再白费口舌
用你们都熟练的语言
言说一件谁都不再置疑的事物
我将不再磨枪、试刃
不再掩饰我的锋利
我将不再像个屠夫
提着剁刀走过集市

我将不再招摇，不再养晦
不再深夜出门，约会吸血鬼
我将不再搭乘他的计程车
不与他交换电台里听来的鬼故事
我将不再评价任何一个鬼
不再履行旧的契约
也不再签订新的
我将停止使用我的信用
销毁这些身份，这些证据

我将不再发疯
像个正常公民

我将坐在公交车上
始终霸占老弱病残孕专席
用癫痫和胡话来给你们布道
我将不再激怒任何人
也不再为任何人所取笑
我将永远不再点击取消
我将始终确定，确定，再确定

我确定……我将不再……
我将不再杀戮，我将回忆
回忆每一次杀戮
我将沉默寡言，刀朽如柴
我确定我将用回忆
来杀戮我的后半生
我会把这头回忆的大蒜剥光
深深塞进未来的肛门……
（哈，屠夫，原谅这最后的粗鲁）

我将不再砍伐，不再费力
去抬一根木头
这世界上有比我多的力气
也有比我多的木头……

此刻

又将失去一个幽凉之夜
可怜的孩子，站在阴暗的墙角
常春藤缠紧了细小的脖颈
提灯的巡夜者，弯下腰
细数夜游神踩过的脚印
满怀心事的马，在此刻徘徊
必须加把鞭子。手执铁鞭的人
关上灯，允许黑夜进来
阳台上，两个失道寡助的人
在行刑前惜别，远处有狗在叫
它嗅出了什么样的结局

鳄鱼

我的青春，一条饥渴的鳄鱼，
在回忆的泥潭里苟延残喘。
回忆，啊回忆，辽阔的草原；
无边的旱季，像一只凝固不动的钟表，
悬挂在半空。没有一棵猴面包树
可供纳凉、充饥、解渴、休息。
在属于自己的草原上奔跑，
难免也会迷失。而它就潜伏在那里，
被干旱折磨得只剩下一张皮，
张开凶残的大嘴，要吞噬我的汁。
我妄图把它踩进泥潭深处，
让它在干燥的泥土里窒息，
皮肉风干，骨头晒成岩石；
然后，怀着逃生的恐惧和欣喜，
跨过泥潭，向着雨季、海洋和计划中的
　衰老，
像一头受惊的野牛那样狂奔

咖啡馆最著名的客人

那一夜，那些危险的人
一个都没有出现
只有陌生人
坐在靠窗的沙发里，品尝一杯冰凉的啤酒
我想给他讲一个故事

他从冷空气中赶来
在街上走了两个来回，才找到这里
他坐在冰冷的沙发里
喝着冰凉的啤酒
颤抖的双手和痉挛的笑容
告诉我，他不是个爱听故事的人

这是一间著名的咖啡馆，他说
他知道有许多危险的人
喜欢在这里喝酒，聊天
他想跟他们结识
想看他们怎样从额头上喷出鲜血

于是，我讲了一个危险的故事
可他一点听不进去，最后都要睡着了
我只好又叫一杯啤酒

给他提神，对他说：陌生人
我换一个通俗易懂的故事
让你知道，一个杀手如何度过孤独的咖
　啡馆之夜

直到我捧起他的脑袋
用牙齿咬掉他额头上那些隆起的褶皱
他都没有睁开眼睛
他一遍一遍地说着梦话，他说
我要成为这间咖啡馆最著名的客人

南方六题

一

你说你要去南方
去南方，看一场南方的电影

二

暴雨的南方
一头落单的抹香鲸
隐匿在乌云背后

三

雷电敲打的南方
沉睡的人在后半夜惊醒
他给身体变一种频率，继续睡去
任凭上个残梦悲伤的余绪与颤抖的百叶
　窗共振着

四

睡着了吗，南方

我并非趁你沉睡
偷偷去丈量你的土地

五

南方
列车开向南方
开向瘴疠之气充盈的南方
我去呼吸瘴疠，制造瘴疠，传播瘴疠
我将瘴疠带回它的洞穴，带回你湿热的梦中
我将瘴疠带出南方，带进你因南方而患的疾病里
我为你的疾病再添一层疾病，为你的南方再添一个南方

六

南方，不过是一条雾中的街衢
并不会有好事者跳出来向你挑衅（你并不值得如此）
也不会有一个玩弄匕首的老人隐匿在路

边（他也许会帮你）
但你仍然小心地走着，怀揣着你的懦弱
（你根本不必担心它会泄露）

病人与海

比海还蓝一百倍

你以为只要看到蓝，就等于看到海
而它蓝得让你窒息，让你发抖
你以为这蓝能治你的病

——这是唯一值得回味的
把一道蓝色栅栏错当成海
镶嵌在马路边缘，向天空
筑成一道两米高的海平面

长年被内陆抑郁困扰的人
出现这种错觉，不值得嘲笑
在没看到真正的海之前
这种惊吓是致命的

如果海比这栅栏再蓝一百倍
你一定会被那可怕的颜色杀死

海从来就不是蓝的

黄昏时，终于走到海边

幸好，海不是蓝的
海和你一样，容貌灰暗、阴沉
害怕低头，偷看自己的内心

来，跟同肤色的兄弟合张影
把彼此的灰暗和阴沉互换一下

是啊，可以欣慰了
海从来就不是蓝的
海从来就没有蓝过
所有看到蓝的人，都没有看到过大海

海比栅栏更难以逾越

夜深了，一丁点的海风都吹得你头痛
更何况海在拼命喘气，像一个哮喘病人
你呼吸着它从腹腔深处吐出来的腥臭
感到颅骨被吹破，你贪婪地吸取
交换出去的，比这还要腥臭百倍

你感到自己终于翻越了那道栅栏
甚至以为没有什么是不可逾越的

（看啊，这就是病人的特征
深度抑郁的反面是盲目乐观）
没错，你翻越了栅栏，但栅栏并没消失

唯一的区别是，你站在了它的另一边
大陆退去了，海才刚刚开始
海帮你翻越栅栏，它却比栅栏更难以逾越
海的深处，海的上空，海的另一边
海的每一个起伏，早晚都是你的新病种

黑虎泉

你把自己藏在胃中，准备死去
好奇的脑袋们伸进来
看你究竟还有多少胃液
没有吐干——真希望你能早一天
把自己吐出来，像个留恋母腹的老婴儿
让满脸不情愿的皱纹和老年斑
得见天日——

你在他们皮下种植奇痒，根须
连接着思维和语言。任何精神活动
都是对痒的一次光合作用
不能挠，根须会扎得更深
黑虎病，三个离奇的字符
充满窥探者的家族病史
什么时候你不吐了，“家祭无忘告乃翁”
——绝望者把这句话写入基因

泉边玩鸟的少年，曾畅快于你的畅快
抽刀断水的理想熄灭于中年断背的轻易
戏柳的少女，和你一起，在杨柳春风里
  呕吐
她要把自己呕成一滩昂贵的呕吐物

一只满身褶皱的苦橘漂浮在你的口水中
一段华丽肮脏的判词写在你的额头
而你，除了呕吐，深夜间或歌哭

你知道，我和他们患有同样的病
不是靠抽一阵羊角疯就能痊愈
但我乐于把你当作病友，而不是病根
珍惜你胜过珍惜症状
我来看你，不是每个不眠的深夜
都会来看你，假装我们都还很健康
假装我们是可疑的陌生人

假装这春风沉醉的夜晚
你呕吐的声音让我无动于衷……
但你太矜持于你的呕吐
把虚无当作虚名去爱
还用黑暗装点——
也罢！你不肯从你的黑中走出
我又有何必要向你的黑妥协

躁动

在遍地坟茔之间
找到你的墓碑
为你点一支烟卷，为你伴奏
我知道，在这地下
正有一场彻夜不眠的狂欢

我辨别出你的歌喉
你的每次跑调
都令烟灰摇落，枯草发抖
我并不认识你
你也未必是我合适的拍档

但我要为你伴奏
这并非深思熟虑的结果
没有一点不良企图
我不过是想感受
这来自地下的躁动

虫子

火车，发光的虫子
在夜的肚子里
因为躲避失眠而奔跑
有更多虫子在火车里
为了奔跑而失眠
摇篮般的火车
广播不提供摇篮曲

那个紧闭双眼的人
嘴巴也紧闭
把棉棒塞进耳朵
鼻孔也懒得出气
一双胖手紧紧捂住肚皮
似乎有一肚子的困意
正从指缝中溜掉

“有一条不肯睡觉的虫子
住在我的肚子里，”他说，
“啮咬我的肠子：咔哒，咔哒
一刻不停，仿佛火车
啃过一节又一节铁轨”

我过来抚摸他的肚皮
温暖，柔软，富有催眠的气息
把脑袋贴上去
瞬间就有深沉的睡意
而他却不住地叹气，摇头
说我也有一条虫子
正在肠子里奔跑，已经筋疲力尽
“你这不是睡意，是昏迷”

火车病人

火车
再次开往深冬
身体
又开始缓慢蓬松

鸡蛋煮熟了
再煮一次
汤药熬好了
再把它熬干

把去年的日记
重新抄写一遍
已经忘记的不快
需要再次遗忘

人生虽已晚点
病却从来准时
这趟习惯晚点的火车
并非一个有效的疗程

看过的风景
还会重新看到

错失的旅行
又将再次错失

而我只有从乌云走向乌云
从春梦回到春梦
把去年生过的病再生一遍
吃过的药再吃一回

鬼节情诗

我们在小花园里散步
雨前刚修剪过的蒿草迅速衰败
草茎堆积在石子路上
被雨浸过，变得黄白
踩上去，似乎踩住了整个秋天

然而，秋天才刚露出它的一截手臂呢

月光从山坡上流泻
流经石块、草丛和墓碑
因为挂碍了几缕月光
都变得甜蜜了
小花园也在催眠中袒露情思

你一只手挽住我的手臂

另一只在上面玩滑梯
你的手心凉滑。真好啊
这又凉又滑的夜晚，你说
多像我又凉又滑的手臂
而我说，这又凉又滑的夜晚

多像草丛里那架又凉又滑的滑梯

七夕情书

七月七，必定天凉如水
如钩新月照不亮浩瀚银河
我们在庭院里坐着，不觉夜霜侵扰
遥想天上的事情，却是渺茫
只等第一只喜鹊归来
栖落梧桐树枝，于幽暗中
布告最真切的观礼消息
假使有一只乌鸦路过，此刻也将不语

呵，这早已是一厢情愿的臆想

七月七，翻滚在午后最后一波热浪中
喜鹊在白日梦里练习乌鸦的语言
多情的孩子再也没有那么幸运
可以淋着情人的眼泪，慢慢走回家去
男男女女都在夜幕低垂时出门
走进晦暗的公园。他们相信
必有消暑的凉风从晦暗中吹送

必有让寒毛站立的怪兽从晦暗中走出

迢迢牵牛星，皎皎河汉女

在晦暗中背道而驰。盈盈一水间
再也想不起还有什么事情
值得见上一面。从晦暗中走出的怪兽
给每一个流矢般逃跑的情人
都找到一个包含不可抗力的理由：
宇宙膨胀，星汉泛滥
喜鹊再也飞不过银河
决堤的牛奶冲垮了河床和道路

你们都不来唤醒我

你们都不来唤醒我
我就永远睡着

你们都不来把我唤醒
因为你们毫无办法

你们大吵大嚷，敲锅打盆
都无济于事

你们开派对，喝啤酒，唱卡拉OK
也不能影响我睡眠的质量

就算你们无限度地侵犯我的身体
我也绝不会醒来了

也不要以为我已死去
我不过是睡着，不过是没有被唤醒

我睡着，貌似是对你们醒着的侵犯
那也不过貌似而已

所以你们都不来唤醒我

所以我就一直睡着

一直睡到你们也哈欠连连，倒头睡去
但我并不就此醒来

即使我们都睡得像一具具尸体
引来秃鹫在此盘桓，等待着腐烂

我并不就此醒来
也不和你们比谁的睡眠更持久

我将比你们腐烂得更快
我将比你们更快地还这世界一个干净

爱情保险柜

我并非你的隐秘情人
也不是你的闺中密友
我不过是你的保险柜
保存你所有的爱情

你开启我有两把钥匙
一把你随身携带
一把备用，却又锁进我的体内

你还为我设定密码
复杂到连你自己都记不住
只好将副本和备用钥匙放在一起

我是你唯一的保险柜
为你容易格式化的大脑提供备份
也为你保存我自己的秘密

有一天，你又将存进崭新的爱情
但却丢失随身的钥匙
也忘记你亲自设定的密码……

我的沉默是最大的悲伤

胜过你将新爱情遗失的担心
我多想自行敞开
但你却找来工匠，用钻头钻开我的胸膛

大象与鱼

除了一些细节，基本的习惯都已经养成
开始学习反思。三年前的劝诫记忆犹新
我们不吵架。你瞧，我多么温顺
顺从你，附和你，像一头经过训练的大象

再也没有粗暴的叫喊了。我的牙齿
被你的牙齿咬断；已经错过的决定
永远错过，好比断裂的牙齿无法重新焊接
每当咀嚼起仙人球，都会留下几根刺

仙人球和刺猬，日常食物，一素一荤
搭配倒是正好。幸有一副好胃，直到开
　始习惯
直到如果刺猬无刺，竟不知从何处下口

就像我爱你。并不是要把爱比喻成玫瑰
还不如说这是一条鱼。鱼肉鲜美
鱼刺却隐藏在鲜美之下，只等着图穷匕
　首见

致 L.X.M

济南的雪来得有些迟
十五的灯没有打到，却打碎一个阴沉的
　黎明

请多写一些有益身体健康的诗
请将祈祷的仪仗让我代行

请带一把美丽而没有破损的伞
让雪不能落地，让雪在伞的擎托之下

恬然入睡，鼾语热烈
像一个醉酒的人，以为回到自己的枕上

放平

一只空口杯
完好得太久
就有权破碎

相对于口杯
碎片是一种休息

厌倦了直立
你可以在任何地方
把自己放平

假如你还能站起
碎片也能

是黑夜

是黑夜
压弯了
夜行人
的脖子

是黑夜
踩住了
夜行人
的脚印

是黑夜
吞咽了
夜行人
的匕首

是黑夜
卤制了
夜行人
暗绿的心

出租屋

1

有时候，他深夜归来
会发现床单上
有一个屁股印，很大，很深
像两半切开的梨
他猜白天有人来过
坐在这里，一个心事忡忡的人
他试着将自己的屁股
放进那个屁股里
想象那个人的坐姿
抬起头，可以望向窗外
能看到什么呢
发呆的时候，他也这么看过
除了塞满尘土的玻璃
什么都不会看到
何况，此时外面又是黑夜
那个人，是坐了多久才走的呢

2

那组橱柜，八十年代的破烂儿

像一群犯了错误的孩子
紧挨墙角站着。那些抽屉
像孩子们的嘴巴一样管不住
在其中一个里，找到一双鞋
像两只小船儿。可爱的虎头鞋
每只都有一双大眼睛瞪着
很好奇：小的时候你也穿过
被子太潮湿了，像躺在水窖里
有个小孩儿，在里面游泳
一整夜，和他嬉闹个不停
要狠狠教训他一顿：
不要在我的被窝里游泳！
掀掉床垫，没有孩子
床板上有洪水经过的影子
红色的洪水消失在木头的纹理中
红得太陈旧了，像是“鲜红”的尸体
那个人此刻正坐在床沿上
屁股真大，像个孕妇
背对着他，面向窗子
窗子在发抖。房东很久不来了
那双虎头鞋还在抽屉里崭新着

3

上厕所必须撑伞
水把墙壁泡透了，墙皮脱落
变软，用手摁压，留下手印
长出绿色的毛发，鼓起
浮出一张病猫似的小脸
这可怜的小猫儿！每次如厕
都不得不在伞下与其对视
一起倾听水珠敲击伞面的声音
啪嗒，啪嗒，啪嗒——
刺猬在窗外低语，像一个老人
躲在墙壁的夹层里叹气
床头上贴着一张陈旧的喜字
上面的一角脱落下来
像一个垂着脑袋的哀悼者
露出灰白的脖颈

4

打开床头柜，一个毛茸茸的发套
像一颗头颅那样升起

两条黑黝黝的辫子，有一米多长
一本有头没尾的《白毛女》剧本
几张黑胶唱片，肖邦的练习曲
上面写着：世界上所有孤儿的好兄弟
剪刀，木梳，化妆镜，唇膏软化了
污染了陈旧的乐谱
一张母亲与女儿的黑白照片
没有背景，女儿的面孔一片空白
有刀片精心刮擦的痕迹
只剩两条辫子油光闪亮地垂在胸前
母亲慈祥的面孔，令人倒吸一口冷气

5

对门的老妇人偏瘫多年
坐在轮椅里，从栅栏式防盗门后面
向外窥探，是她每天的事业
只要他一出现，她就会号啕大哭
没人能够劝止。单身的房客
就算把回家的时间拖到后半夜
也只是徒劳，不论多晚
她都会守在那里，像深夜蹲守鼠洞的猫

警惕着他的出现，然后纵声大哭

6

必须买一所属于自己的房子
崭新崭新的，不让任何人沾染
一直住到死。在临死之前
将房子租给像自己一样孤单的人
死后也不走，给那孤单的人做伴儿
而在此之前，赶紧攒钱

棒球手

住在隔壁的棒球手
每天晚上都用球棒
敲自己脑壳一下

我们从没有见过面
但有共同的作息时间
每天凌晨过三点
我上床睡觉
他开始在床上打球

有时他把自己打到墙上
再反弹到地上
我从阳台进入他的卧室
看到他在地板上熟睡
球棒滚落在床脚

没有什么值得破碎
除了压在桌面上的玻璃
下面有张字条
写着：就差最后一击

把球棒放回原处

点上一支烟
做完一件好事之后
你需要安稳一下跳跃的良心

舞剑者

臃肿的身体里
充满操控一切的剩余营养
一手好剑法
令围观者色变
我虽藏身于围观之阵
仍被其剑锋锁定
身形一分为二
肉身在前，分身却紧贴我身后
说要击打他自己的鬼魅
却剑剑刺入我的胸肋

太阳把老虎赶回深山

十天的浓雾被一场大风吹走
太阳出来，对面楼体的巨大反光扑向室内

孩子，被阴暗锁住的小囚
瘦影像一件单衣，挂在行将融化的铁棂上
你的雪人是否还在路边，愁眉苦脸地等待

他相信有一只老虎，隐藏在雾中
现在太阳出来了，不但驱走浓雾
还把老虎赶回了深山

致友人

一

我从深夜开始减肥。写一首不健康的诗
也许不是诗，而是一次例行体检
体内发现暗疾，把它送给你
不是求医问药，你也不是医生
你是和我一样的病人。我的病是胖
你的病是瘦，都跟脂肪有关

年轻气盛，血气方刚
什么时候，这几个字不属于我们
可我们还在不停地吐血
我们吐的是已经开始衰老的血
这些血，污染了土地，却开不出一朵变
态的花
尚不如一条肮脏的河流

翻动起海洋的赤潮。我们已经老了
却不肯承认。张春生、尹咏铸、陈成
广、杨云法
还有被我们遗忘的李长余
还有长了一张卡夫卡脸的李廷鑫

我们的友谊一度充满流氓无产者的冲动
像一桶正充分燃烧的工业酒精
我们以为会发生爆炸
会有蘑菇云从地下室升起。事实上
什么都没有发生，只剩下空桶
敲起来还砰砰响，但里面
甚至一粒灰烬都没有留下
我们以为还有，至少还有半桶
藏在什么地方，只是暂时忘记
这不过是个谎言，我们开始依赖谎言

我已经不止一次，用丑行玷污友谊
在友情的绵床上呕吐，跳脱衣舞
我们在这张床上掐架，想给对方致命
  一击
可拳头已经和床一样，瘫软，瘫痪
失去知觉的身体，扭成两个大字：我是
  “耻”
你是“辱”。凝结在床。有人拍照留念

二

“我看见我这一代的精英毁于疯狂……”
将这句伟大的诗行放在这里，让它等着
先等你们成为精英，再等你们毁于疯狂

我梦见阿法依然走在我身后
不论有多么无聊的事情，他都陪你到底
如今，我甚至已经没有勇气给他打电话
请他喝酒。怕他在百般推脱之中，还残
　留着
一点点难为情。他的脸肯定又红了

春生离天才的座椅越来越远
他屁股发痒，那不过是痔疮发作
他至今还是孑然一身。身边没有女人
他会给你打电话，但你不要抱任何希望
他从不给别人希望，同样不给自己
他在青天白日之下越来越瘦，越来越黑
像一个核桃，坚硬的外壳包裹着黑暗的
　脑髓

阿广每分钟都有一个赚钱计划
他从不走捷径，设计弯路是他的专长
他醉心于投资最大化和收益最小化
他描出一个个黄金世界，仿佛他已经住
  在那里
每天早晨，他花两个小时赶在上班的路上
傍晚，又循着相同的轨迹回家。这四个
  小时
是属于那个世界的。他的时态，永远是
  将来完成时

还有尹咏铸，《几年，或者几十年之后》
  的作者
这首诗如今已成为他最大的讽刺
他没有贫病交加，也没有客死街头
他如今比中了3000万巨奖还要幸运
他将怀里那把枪转移到胯下，幸福的子
  弹弹无虚发
他提前给别人安排好儿子，没想到
自己却成了最早被儿子安排的人
他大概自己也不信，这是他的最后一枪

三

这几天，我沉浸在对你的感情之中
沉浸在 1998 年，我们衣衫不整的夏天
西苑宾馆的地下室。青州的国庆节
杨云法在燕山小区的简陋凉台
尹咏铸在姚家庄的恐怖小屋
李廷鑫在良友富临的孤独之心办公室
我和李长余在白马山的废弃夜总会
潍坊铁轨以南一公里，你曾拥有的三室一厅
陈成广和小凤的苏州，他在河北阳原县的筑路工地
七里河。解放桥。山大北路的黑领公寓
北园李家庄的一个下午。电影洗印厂幽静的林荫路
乞丐一样的张春生在凌晨独自走过泺源大街
我们有一盘棋，至今没有下完……
以上都不是诗，也不是回忆的索引。我们都曾犯过错误
这些错误，别人懒得理会。我们自己更

没想过检讨

四

我们的友谊，始于羞涩
终止于丑行

始于凶猛
终止于疲软

始于滑稽
终止于正经

始于低俗
终止于高尚

始于抒情
终止于叙述

始于梗概
终止于细节

始于对荣誉的向往
终止于对耻辱的遗忘

始于无
终于有

始于红
终于黑

始于开始
终止于还未开始

爸爸

爸爸，你自从病退
就再没离开过那张沙发
你太懒了，但我才不会批评你
如果换成是我，我也会那样
至于你的沙发，要我说，它太破旧了
塌陷了不说，还扎人屁股
但我也不会在你面前说它的坏话
这毕竟是你的财产
你让我替你擦玻璃，那我就给你擦
而你也不敢闲着，你给自己梳头
（难道是怕我嫌你懒）
哦你的头发真够乱的
就像我手里的拖布
你有多少年没有梳过头了
我还没见过你一丝不乱的发型
但我绝不会责怪你
因为我的头发和你的一样乱
谁让我是你的儿子
谁让我继承了你一头乌黑油亮的头发
我们一星期不洗头，两星期不洗头
头发还是那么亮
爸爸，我们的头发

可真够我们自豪一辈子的
爸爸你是个严厉的父亲
但我从来没有怕过你
我对你从来就是撇嘴撇嘴再撇嘴
我才不相信你
但我事事和你做的一样
我讨厌你爱吹牛皮
我却比你更能吹
你在一定年纪犯过的浑
我到时还是会犯
事实上你很少管束我
我也从不冒犯你
没什么值得我们决裂或更亲近一步
彼此也没有冷漠和不满
（我不曾有叛逆，不曾想“弑父”
你真没有什么可“弑”的）
我们称得上天底下最和谐的父子
你看，你梳头，我擦窗户
我们各有各的事业
你越来越和蔼
我也越来越像个孝子
我们从来不用语言或者眼神去表露什么

你没有教我这些
大概你自己也不会
没关系，我是你的儿子
我的心继承了你的
虽不能心心相印，但也心有灵犀
我知道你越来越想念我
但我越来越不敢认真地想念你
难得在这个阳光灿烂的上午
我们一起干点家务
你梳头，为的是让你的头发更听话
（假如你能花一个上午的时间
把头发驯服，那也是很了不起的事情！）
我擦窗户，为的是让你
和你的屋子，被太阳照得更明亮

编外

短句集：乌鸦

1

一个人住久了
卧室里放一卷卫生纸
都觉得是诱惑

2

冰层下掘藕的人
脚趾甜蜜于淤泥柔软的裹挟
仰望，孤独是历代荷花的背影

3

家里的霾比外面还严重
毕竟，这是周末

4

一个人没有人类朋友
只好去拜访乌鸦的巢穴

5

从家到咖啡馆
尚有一段寒鸦的距离
粘滞于这份友情
他既走不到咖啡馆
也回不了家

6

不管怎么说
还是外面热闹啊
商场里，一个人走来走去
别人的温暖可以偷一点

7

这天冷得啊
千万别摇我
小心把我摇碎一地

8

准备在新年的第一天
孤独地去看一场电影
吃一份撒尿牛丸

9

晚安之前
想一想那些没办法把心里的苦
捧出来给人尝的人
想一想那只在颤动的花枝下
一闪而过的小猫

10

除非我们正在见面
不见时，我觉得你只是一种量子态的
存在
想必你也会这么看我吧
多么虚幻的感觉

11

原来吃多了
做梦也会恶心地醒过来
早知如此，还不如多吸一点霾

12

比闹钟更早醒来的人
被窝里干瞪着眼睛

13

从天际线的玫瑰红
追逐暗夜的背影
细月钩人一愣

14

暮色交会的路口
信号灯上的乌鸦老友
它有一个自己很陌生的名字：卡夫卡

15

乌鸦说
既然是朋友，何不上来说会话
等我爬上信号灯
它却飞到对面的枝头
还嘎了一声

16

乌鸦打电话说下雪了
要不要出来走一走
我贪恋被窝的温暖，拒绝了他

17

乌鸦君独自走过薄雪覆盖的路口
拐角出现的梦游人紧随其后
盗取他留下的梅花脚印

18

乌鸦在晴日
多少有一点生不逢时
情愿倦于巢
烧水，切菜，揽镜修须
扮演一个自言自语的话痨

19

深夜的“屁屁踢君”想念
栖息在信号灯上的卡夫卡

20

两只肥喜鹊
在阴影里觅食
它们为什么不到阳光里来

21

遇到一群特别开心的人
他们为什么那么开心
那开心的光照得我头疼

22

深夜的摄像头
拍下盗取乌鸦脚印者的背影

23

惊蛰日
烧黑一锅白玉粥
鸦兄问：昨夜可曾感惊蛰
答曰：惊蛰没有
只有一床惊梦

24

平时懒得说话
周末就用来养乌鸦吧
只有乌鸦可以传递彼此寒酸的灵魂

25

现在，乌鸦就在窗外
注视着你我
不要看它

26

所谓日常
就是把南瓜切碎
煮进金黄的米粥
浑不管窗外的落叶
正执拗地坠向黑暗的大地

27

现在是十二点刚过五分
鸦兄啊，又到了怀疑人生的时间

28

夜晚怀疑我
就像怀疑一个来自白天的奸细

29

躺下。熄灯。闭眼
瞬间黑暗后
颅内的白炽灯骤亮
刺眼光雾中
看不清审讯者

30

今晚换床睡
夜晚重新信任我了吗？

31

暴雨，头痛
在不开灯的房间
吃樱桃

闪电
爬上窗台
伸出它湿冷的舌尖

32

如果有一天

我就要死去
请把我埋在
你的心愿单里

33

我决定结束
这落水鬼的生涯
回到岸上
重新做一个隐士
不为春天的荒废感到抱歉

34

中年易碎
宜小心轻放
不要碰撞

35

那些在雪地里
走来走去的人
都以为这是
属于自己的时刻

36

早上出门前
女儿说：再见，陀螺！

37

雨夜，经过一株盛开的海棠
黑黢黢的花影，像蒙面的旧事
栖息在黑湿的枝条上
忍不住折下一枝
带回灯下细看

38

从今天开始我们都早睡吧
都不必做梦。真要做
也做一个没有梦的梦
从明天开始我们都不要起床
也不用醒来。真要醒
醒来还是在没有梦的梦里

39

有时间褪毛，没时间写诗
忙于为转瞬即逝的春天

撰写漫无尽头的 PPT
春意撩动枝丫，又一片羽毛从屁股脱落
你仍旧端坐于春风
好似一个掌握重要权柄
引领我们升往下一季节的电梯司机

40

所有的乌鸦
都应该搬去乌镇
人，被烈日与桐油洗过
就变成乌鸦的美食

在乌镇，乌鸦是比清风
还优雅的食客。清风没有眼睛
一口口胡乱咬过来，都是乌黑的甜腻

41

我见过东京的乌鸦
栖息在盆景般高古的松枝上
松枝的翠绿，召唤着久候不至的黄昏
烈日下，一个人独自穿越无人的广场
这一切，尽收它的眼底
但你丝毫感觉不到它的寂寞

42

好久没有乌鸦兄的消息了
整个夏天你去了哪里
记得春天的末尾
你还在树梢上写
如何运作夏天的 PPT
转眼就到了秋天
啊，秋天，多少人背对辉煌的落日
向黑夜，驱赶着自己灵魂脱臼的影子

43

那个人
在你心目中的形象
如此高大

以至于你想凭借
一个更高的高度
吊死他
都很难

44

你和世界之间
只欠缺一场

温柔

或者
阴谋

45

夜空纯净
令人窒息
我们在铜乳房的轰鸣声里
寻找乳头的频率

46

卧冰的圣徒，下体如火膛之铁
唤醒远方的鱼群

47

有很多比吃坏了肚子
还难过的事情

唯有坐在自家马桶上
才是有安全感的

48

一个阴沉的午后
睡了一个悠长的午觉
谁知醒来后，天气依旧阴沉
就连妻子的脸
也不好看了

49

让风住
如果它不住
就和它一起跑

如果跑不过
就停下来
画它的尾巴

50

有趣的是，恶龙
并不知何者为恶
深渊也不知什么是深

51

如果你是一家书店店员
我就是书店里永不消费的读者
你尽可以白眼我
反正我经常目不转睛你

52

如果你是鹤在水中的倒影
我就是鹤在天空的回声

53

如果你是云的牧者
我就是云所降生的牛羊
你照看着云
云照看着我

54

如果你是星辰间马不停蹄的信使
我就是那被称为黑洞的宇宙邮筒
你投喂我以陨石
我收藏你以二向箔

55

如果你是故事的开始
我就在故事开始后跑题
如果你想要故事结束
须等我万里之外归来
相隔云海星辰，还需费些时日

56

就像闹着虫害的棉田
需要高浓度农药的喷淋
你和我是不是也急需一场
积聚在深夜肩头的
高浓度春雨

57

甜美的雨夜
就算被人打一顿也是甜美的

后记

诗是与夜晚达成的某种共识

人工智能已经出版了历史上第一本中文诗集，我不觉得这是坏事。诗歌是人类的创造，但可能并不仅仅属于人类。

柯洁这样说阿尔法狗："它下得太好了，很多地方值得我们去学习、探讨，很多思想和理念也在冲击我们职业圈，也在改变我们的看法。"柯洁居然对阿尔法狗使用了"思想"和"理念"这样的词。阿尔法狗的算法给人类机器有了思想和理念的幻觉。

其实我不懂人工智能，有懂的朋友说人工智能也好，外星智慧也好，不必然达到你关于机器人完全自发去写诗的天真想象。他特意强调说：人还是很深奥的。不过抱有天真的想象不好吗？人类不会这么狭隘地保守着自己的手艺，直到未来的一天，把诗歌变成宇宙间的非物质文化遗产保护起来吧。想想老舍笔下的《断魂枪》，主人公要完一路枪，说："不传，不传！"多么骄傲，又多么愚蠢。

人是万物的尺度，这也是人的盲区。诗歌不是诗人的禁脔，以后也不是人类的禁脔。如果机器能领悟诗意，作为人类我会很大度。毕竟诗歌也是有限的。

对我来说，写诗仅仅是一种习惯。诗，是一个不善言辞者最好的表达。在写诗与修改的过程中，有创造的快乐，这种快乐是真实的、隐秘的，但不足为外人道。我喜欢在睡觉前半躺在床上写诗，我是重度手机使用者，近几年的诗，几乎都是用手机写的。躺着写诗，让我觉得，我和诗歌的相处，越来越日常。这是多么好的事情。

被怀疑，被孤立，是很多受迫害妄想症患者共同的体验。黑夜常常让我感到这种怀疑和孤立，我写诗，不是为了证明和反抗，而是一种妥协，一种沟通，是向黑夜的表白。我们如何与夜晚进行有效的沟通，以达成某种共识，只有诗。诗是黑夜唯一能懂的语言。它看到我在写诗，它明白我在想什么，它同意我在夜晚应该睡眠是合理的诉求。在我睡去之后，梦就是黑夜的馈赠。梦的存在，证明黑夜不仅懂诗，而且是一个诗人。

我的院子里很少有乌鸦，多的反而是喜鹊。那些喜鹊都肥肥的，生活很幸福。但是我见过乌鸦，它确实在我窗前的病树上出现过。就是那一瞬，我决定豢养这只乌鸦，以我的诗。我为它写诗，其实就是为我，同时是我自言自语的对象。我有时会对着镜子中的自己说话，但镜中人正在变丑，不忍直视，不如对窗外的乌鸦兄说起来，更让人愉悦。它在治愈我，一个很好的心理医生。

谢谢我的乌鸦兄！

流马